LES

DÉMONIADES

POÉTIQUES ;

Par Eugène Brun,

Étudiant en Droit.

TOULOUSE,

BENICHET CADET, IMPRIMEUR-LIBRAIRE,

RUE FOURBASTARD, N.º 26.

——

1832.

Y+

À MON PÈRE.

———

M'embarquant pour la première fois, jeune encore, sur la mer orageuse des arts, je sens le besoin de mettre ma fortune sous l'aile de quelque divinité tutélaire. C'est à la garde de l'autel domestique que je remets ma destinée ; c'est sous l'inspiration du souffle paternel qu'elle doit s'accomplir.

———

Lecteur,

Je te prie d'abord de ne pas jeter mon livre à l'aspect d'une préface. Composons ensemble : je te concède le sacrifice d'un volume de notes que j'ai longuement recueillies dans mes veilles ; en retour, engage-toi à donner ton attention à ces quelques lignes préliminaires. A en juger sur la physionomie morose et hargneuse de mon livre, quel âge m'attribuerais-tu ? Mais je t'arrête, car tu me rendrais sans doute vieux de trente ans au-delà de mon âge réel. Je ne suis qu'un pauvre imberbe de vingt ans, prêt à me jeter à tes genoux, si tu l'exiges, pour implorer ton indulgence, et te supplier de ne pas exercer sur moi toute la rigueur de ta critique, jusqu'à concurrence de la réparation que tu aurais droit d'imposer à ma témérité. Mais parlons sérieusement.

Dans des siècles de décadence et de dépérissement, alors qu'un génie de destruction semble planer sur les institutions sociales, où les élans du patriotisme et du dévouement, étouffés dès leur principe, ne ressemblent plus qu'aux convulsions d'une existence prête à s'éteindre, et approchant rapidement du terme de la cadavérisation, l'homme reporte instinctivement ses méditations sur le passé, le synthétise, en quelque sorte, pour en induire, avec plus ou moins de fécondité, la solution du problême de l'avenir. Au milieu de cette société mourante, s'il naît un esprit plus porté que les autres par sa nature même à teindre les objets et les événemens des couleurs d'une imagination sombre, il s'identifiera si bien avec le scepticisme de ses idées, qu'il sera presque tenté de prendre cette vie pour l'amère dérision d'une destinée ombrageuse. C'est ce caractère que mes lecteurs reconnaîtront dans ce recueil. Est-ce un mérite ? est-ce un défaut ? c'est à eux de prononcer.

Si je joins à ces considérations, puisées dans les entrailles même du sujet, l'inopportunité des circonstances où la curiosité publique se rattache tout entière à quelque intérêt politique, et où toutes les tendances de l'esprit convergent essentiellement à un centre réel et positif, je suis fondé à douter de la réussite de cette publication! Quoi qu'il en soit, je m'en remets à l'indulgence du public, car je n'espère de succès que dans cette perspective.

Le Siècle.

Je languis ici bas, car le siècle est mauvais ;
Au souffle de l'instinct je végète, je vais.
La pâte de cet âge est mêlée, est pétrie
De déboires amers, de sceptique savoir,
Et la société dissolue et pourrie
Râle sur son grabat, courtisane flétrie,
   Lépreuse horrible à voir !....

Oui, ce siècle se tord sur sa couche de fange
   Comme un malade délirant ;
Comme un serpent rongé du vautour qui le mange,
Dans les convulsions il s'agite, mourant....
Quand, cadavérisé, quelque siècle agonise,
Et que, comme un athée, il s'étrangle et se brise
   Contre l'autel de Jéhova,
Une voix crie alors, une voix de suaire,
Gare aux calamités qui menacent la terre !
   Pleurons, pleurons, l'Esprit s'en va !....

Cet astre est importun à ma face épuisée.
  Couvrez-moi d'ombre,.... enlevez ces apprêts....
Il est fade ce pain à ma bouche blasée ;
Ces viandes ont pour moi des aconits secrets....
Quand de barbares lois ordonnent sur la place
Au public du faubourg un spectacle à bas prix,
N'as-tu pas une fois, tendant piteuse face
   À cette scène de mépris,
Senti tomber sur toi, flot à flot, quelque chose
   Que tu lavais en frémissant ?....
Voilà pourquoi je hais cette liqueur si rose....
   Otez de devant moi ce sang !....

Cessons de nous vautrer au limon de ce monde ;
Il est vide ce cœur,.... aussi veux-je mourir....
Je veux, me dégageant de ce bagage immonde,
D'un corps que la chair sue ici bas à nourrir,
Hère, laid mendiant, de planète en planète,
Frapper en demandant comme un anachorète,
    Comme un brigand lâché des bastions :
« Est-ce ici qu'on guérit la chair long-temps hachée ?
C'est ici que sur nous toute larme est séchée ?
Console-t-on ici la victime penchée
      Au vase d'expiations ?.... »

Le siècle a consacré la sceptique doctrine ;
L'homme s'est fait petit ;.... son ange s'est voilé ;
Fesant un adieu morne à la terre orpheline,
Il hoche en gémissant son chef échevelé....
Qu'importe qu'un moment, réveillant un fantôme,
Le stylet d'un tyran ait galvanisé l'homme,
Si des rampes du trône il est retombé nain ?....
Liberté, tu n'es plus qu'une fille publique
Qui vit de ses baisers, et, coureuse impudique,
Qui lève à tout venant la gaze de son sein !....

Oh ! pauvre humanité, qui séchera tes larmes ?
Qui tarira pour toi la fontaine d'alarmes ?
    Qui te dira : Ma mère, espère encor !....
« Voilà qu'à l'horizon une étoile se lève,
Revêtant d'un souris son front chargé de rêve,
      Étoile à l'auréole d'or ;....
Elle verse un regard plein d'amour sur la terre,
Derrière les vapeurs qu'élève ce torrent,
Joyeuse du retour, triste comme une mère
      Qui retrouve son fils mourant !.... »

C'est la religion, fille du ciel, voilée,
    Mystérieuse comme lui....
Consolante lueur, au monde révélée
    Au sein des fantômes de nuit,....

Elle cache à demi sous sa robe une lyre.
A sa pose de femme essayant un sourire,
    On reconnaît qu'elle a pleuré!....
Le premier des mortels, céleste voyagère,
Je laverai tes pieds, je panserai l'ulcère,
    Tes larmes, je les essuîrai!....

Que dis-je? elle est bien loin, l'étoile purpurine;
Elle est encor bien bas sous le large horizon.
Tout craque en attendant ici bas.... La ruine
Est le seul dieu qu'admet la sceptique raison.
Les révolutions, déracinant les trônes,
Comme des mannequins, précipitent les rois;
Le caillou plébéien, ennemi des couronnes,
Diffame par le sang les sceptres d'autrefois;....
Les volcans italiens font vaciller le monde
    Comme la mèche des flambeaux,
Et les fléaux à jeûn de notre chair immonde
    S'engraissent comme des corbeaux!....

Heureux temps de la terre, où, mère fortunée,
Elle nourrissait tout, sans labeur, sans effort,
Dans ses larges banquets, féconde, spontanée,
    Vierge de pleurs, vierge de mort!....
La vie était alors rêve de cœur pudique,
Qui, rêvant un amour idéal, fantastique,
    Se joue avec des voiles blancs!....
La terre, frémissant de jouer un tel acte,
Ne signait point encor, avec la mort, le pacte
    De ne rouvrir que pour elle ses flancs!....

La nature dès lors enfanta pour la tombe;
Quand du sein maternel la créature tombe,
La mort du sceau fatal marque le condamné....
Le chêne crût dès lors où mourut le vieux chêne,
Et le mont chaque jour abaissa sur la plaine
    Son front vieilli, roi détrôné....
Chacun des pas de l'homme insulte une ruine.
Du pélerin, penché contre l'aile d'un fût,
Où brillaient des cités, la brûlante narine
    Hume une poussière qui fut....

Il est des temps de honte où l'homme dans la rue
  Se vautre pire qu'un crapaud,
Où la société, comme un cadavre, pue,
Comme si quelque souffle était venu d'en haut....
Plus de foi, plus de dieux !.... L'âme dans la nuit vague,
Le peuple audacieux, avec sa voix de vague,
  Hue en son temple Jéhova....
L'homme, jetant alors son vase de déboire,
Sur son vaisseau qui sombre étend la voile noire,
  Se fait cadavre, ailleurs s'en va !....

La jeune France.

Ainsi pleurait, assise au pied d'un mausolée,
  La jeune France échevelée,
  Sur les marbres du Panthéon,
Et, cachant sur son front un stigmate de honte,
D'un passé glorieux semblait demander compte,
  Et murmurer : Napoléon !....

« Oh ! que j'ai largement mesuré l'espérance !
Donc ses fils ont trahi, vendu la jeune France,
En mettant dans leur bouche : honneur ! égalité !....
Ils ont payé mon sang avec l'ignominie !....
Pourtant, avec quel art ils vantaient ma beauté,
Lorsqu'aux jours plébéiens je brillais rajeunie,
  En t'embrassant, ô ma sœur Liberté !....

» Moi, d'un triple laurier naguère couronnée,
A porter le haillon étais-je destinée ?....
Puis-je rêver encor la gloire en l'expiant ?....
Aux abois sous la dent de cette meute avide,
Je tends à l'étranger une main sèche et vide
  Comme la main d'un mendiant !....

» Ils fouillent jusqu'aux os mes dernières guenilles.
De l'arbre industriel, rongé par ces chenilles,
    La racine meurt dans mon champ !
Ils lancent contre moi le budget, ce centaure,
Qui, comme la lionne assise au puits du Maure,
Pour mieux boire mes pleurs se couche sur mon flanc !....
Comme cette sangsue, à la piqûre amère,
Écoute circuler dans ma dernière artère
    Ma dernière goutte de sang !....

» Si les pleurs que je verse arrosaient quelque gloire,
S'ils effaçaient du moins la page de l'histoire
    Où revivra le volcan vendéen !....
Mais, avec mon honneur trafiquant pour leur compte,
Tous de mon dernier liard ils m'achètent la honte
    Dans le bazar européen !....

» Quand jadis des combats l'arène aléatoire
Dévorait de mes fils les nombreuses moissons,
J'oubliais le malheur en songeant à la gloire,
Mon blason se peuplait de tant d'illustres noms !
Je sentais bien alors ce que pèse un grand homme !
Mais quelle nation, que l'humaine voix nomme,
Des Balkans à l'Atlas osa me mépriser ?....
Comme aux enfans chagrins son bras, vidant les trônes,
Me donnait pour hochets des mitres, des couronnes,
    Avec des sceptres à briser !....

» Pareille à l'odalisque, enfant de Géorgie,
Dans le marché de Londre on me vend pour l'orgie
    A ce brutal sultan du nord !....
O Pologne, ô ma sœur, cinquante ans sur ta couche
D'un infâme baiser il a sali ta bouche,
    Et, morte, il te profane encor !....

» Oh ! ne m'accuse pas, ma sœur, d'être infidèle....
Quand de l'aiglon tardif la foudre a coupé l'aile,
Il obtient son pardon du sourire d'un dieu....
Que mon sein se gonfla de l'amour des batailles,
Lorsqu'en tombant, frappée au pied de tes murailles,
    Tu me criais : Je te pardonne !.... adieu !

» Honnis soient mes vendeurs, ces lâches mercenaires !
Ils ont fait mendier à des héros, des frères,
Une ingrate pitié, si lente à secourir !....
Ils leur montraient leur sein criblé de meurtrissures....
Que leur demandaient-ils ?.... résignés à souffrir,
    Un bandage pour leurs blessures,
    Un asile pour y mourir !....

» Tu me verras bientôt fière Penthésilée,
Des crânes tout fumant du Russe redouté,
Au sommet des Balkans bâtir un mausolée
Qui plaidera ma gloire à la postérité....
Et là, sur cet autel dressé par la vaillance,
Je forcerai le sort à signer l'alliance
  De la Pologne avec la Liberté !.... »

Le Génie.

Sur les rocs Apennins, battus par la tempête,
    Crevassés par l'âge et les vents,
Du rocher où son père avec du sang le fête,
L'aiglon avance un jour sa plate et large tête
    Sur les précipices mouvans,
Tressaille, et, se dressant sur les bords de son aire,
Tend l'aile, crie et part.... Mais, trop audacieux,
S'il ose dédaigner les conseils d'un vieux père,
Vient la foudre, ce char aux flamboyans essieux,
Qui sur le roc natal, tout consumé, le jette,
    Puis remonte calme et muette,
  Et se rassied aux sommités des cieux !

Quand le génie, aiglon aux ailes impubères,
A d'autres horizons demandant d'autres terres,
De l'inspiration tente les champs, et va ;
Que, hardi Prométhée, à l'Olympe infidèle,
Il ose dérober la pensée immortelle
      Aux pieds brûlans de Jéhova,
Indigné, Jéhova de sa foudre enflammée
Poursuit ce ravisseur des mystères des dieux.
Le malheureux, ployant son aile consumée,
      Tombe du ciel, l'œil radieux !....

Mais la terre, des cieux accueille l'infortune.
Le vulgaire, oublié comme un pas sur la dune,
Sent la bière engloutir son cadavre et son nom.
Le demi-dieu tombé, que tout l'univers nomme,
Qui, pour choir d'aussi haut, fut salué grand homme,
      S'il tombe, il tombe au Panthéon !....

Lorsqu'un siècle épuisé s'allanguit sur sa couche,
      De fleurs et de mort couronné,
Comme une courtisane, et qu'erre sur sa bouche
      Le sourire d'une Phryné ;
Ou lorsque, pour sceller un siècle qui s'achève,
      Nulle lyre ne s'élève,
Et que d'un pôle à l'autre on n'entend pas un son ;
Lorsque, pour signaler la pierre où dort un âge,
De ce livre muet nul titre, nulle page,
    Ne peut fournir l'épitaphe d'un nom,

Dieu dit avec dédain : Galvanisons cet âge,
  Ce cadavre plein de corruption !....
Près des pôles des cieux, sur une immense plage,
S'élève l'atelier de la création.
Des mondes ébauchés, des esquisses de têtes,
Des formes d'Océan, des dessins de planètes,
    Attendent, là, la vivante action !....

C'est là que retentit la parole immortelle,
De la création ce magnifique vers ;
Là, se réalisa la pensée éternelle
      Qui manifesta l'univers !....

Dieu prend dans ce chaos quelques têtes innées,
Dans sa balance d'or pèse leurs destinées ;
Et, les laissant tomber sur des bustes humains,
    Mettons, dit-il, entre leurs mains,
Une foudre, un compas, ou bien un caducée ;
Monte aux rostres — contemple — et toi, coule l'airain ;
   Que dans ton bras la foudre balancée
   Foule, en tombant, le siècle comme un nain !....

Soit que l'œil du génie, abaissant les planètes,
Rapprochant la distance à l'aide d'un cristal,
Agrandisse les cieux, désarme les tempêtes,
En suspendant la foudre aux pointes d'un métal ;....

Soit que, comme l'aiglon, qui du haut de son aire,
    Poussé par de laids appétits,
Fond sur la plaine où paît le veau tendre, éphémère,
L'enlève, pantelant sous les yeux de sa mère,
    Remonte, et tache l'atmosphère
Avec le sang tombé du bec de ses petits ;
Du génie inspiré la parole féconde,
   Sur un sénat palpitant, ébloui,
Du haut de la tribune, où pend le sort du monde,
    Tombe et l'enlève jusqu'à lui ;
    Puis, foudre éteinte, éclatée,
Remonte et tombe encor, l'orage dans le flanc,
    Mugissante, précipitée,
    Comme les laves d'un volcan ;....

Soit que, puissant guerrier, sa main forte, hardie,
Effraie, en visitant le seuil des nations,
    Du râle affreux de l'incendie,
    L'âme des populations,
Ou que, des pics flamblans du Kremlin à Massoure,
Du fer de son coursier il sillonne, il laboure
   La terre qu'il pétrit en bastions ;
Que son char, dont le bruit étreint le cœur des mères,
Éclabousse, en passant, avec le sang des pères,
    Les jeunes générations ;....

Ces noms aimés ou craints, hauts de tant de génie,
Qui de tout noble cœur tirent une harmonie;
    Ces noms fameux, hôtes du Panthéon,
Font de cet univers une lyre interprète,
    Qui dit, et sans cesse répète :
      Newton!.... Bossuet!.... Napoléon!....
La gloire, cet oiseau tant de fois infidèle,
Cet immortel Phénix, qui plane et tend son aile
    Aux régions du souvenir,
N'est qu'une voix uniforme et profonde,
Qu'un retentissement de la lyre du monde,
    Qui vibre encor dans l'avenir!....

Le Regret.

Quand le Dieu créateur, cet aigle aux larges ailes,
De son aire, berceau des sphères éternelles,
    Pendante à l'immortalité,
Sur le fluide éther dans l'espace eut jeté
Les mondes, fiers aiglons, ces images réelles
    De l'invisible vérité;

« Créons-nous un jouet, dit-il, dont la misère
Amuse les ennuis de notre éternité !
Qu'il vive pour souffrir, qu'en souffrant il espère ! »
Il dit, souffle, et son souffle, âme de la poussière,
Féconde la poussière, et l'homme est enfanté !

L'homme, depuis ce jour, jouet de ses dieux même,
Pâtit le joug d'airain de la nécessité,
Et par-delà la tombe, en espérant, il sème
Le rêve consolant d'une réalité !

Qu'est-ce, en effet, que l'être? Un rocher sans ombrage,
Qu'assiégent nuit et jour les tempêtes du nord !
Comme un chêne criant dans l'ombre, sous l'orage,
L'homme crie et gémit sous le lourd fouet du sort !

Moi-même, un jour aussi j'espérais que mon être
Revomirait la mort et revivrait de soi !
Le parfum de l'espoir s'évapore peut-être
Quand le doute a brisé le vase de la foi !

Au lieu d'aller ainsi sur le noir seuil des tombes
Remuer du passé les vides catacombes
     Avec la voix du souvenir,
Et, sibylle d'enfer, l'œil effaré, l'air sombre,
D'un bonheur qui n'est plus au lieu d'évoquer l'ombre,
Qui semble au bord d'une urne écrire un avenir;....
Ou lorsque, feuilletant, pour devenir plus sage,
     Le grand Thalmud de l'univers,
Mon œil épouvanté rencontre à chaque page
Ce mot, néant! Au lieu, dans un transport de rage,
Fort de mon désespoir, de dire avec courage :
Bien! si les cieux sont clos, les gouffres sont ouverts,....,.
Je me dirais encor, comme aux temps de l'enfance,
Tu fouleras un jour les lys de ce chemin,
Qu'à nous conduire au ciel destine l'espérance;
Et ta main palpera ce soleil sans distance,
Qui jadis sur les monts échappait à ta main !
Assis, non sans sourire, à côté de ma mère,
Une main dans sa main, sur ces ondes d'azur,
Sur ces nuages blancs, un jour avec mystère
Je ramerai sans fin par un ciel toujours pur.

Où sont ces quelques jours, ces bouquets éphémères
Qui parfumaient le seuil de ce vallon de pleurs,
Quand mon cœur, sur l'autel de la foi de ses pères,
Dormait comme un zéphir sur les lèvres des fleurs ?

Qui me redonnera mes ans, roses fanées,
L'enfance, ce lis pur de l'aube caressé?
Qui vous déterrera, mes heureuses années,
        Sous les décombres du passé?

Qui me rendra la nacelle enfantine
    Que sous le dais d'un ombrage incertain,
Sur le dos azuré d'une onde cristalline,
    Enflait jadis la brise du matin?

Qui me rendra mes fleurs, dont la tête penchante
Dégouttait sous ma main des dons purs du ruisseau,
Et le cercle léger dont ma joie innocente
Jouait sur les parfums des gazons du hameau?

Et le livre pieux, où, cueillant l'espérance,
J'épelais au foyer la prière du soir,
    Qui, ruisselant des lèvres de l'enfance,
Intéressait le ciel au chaume du manoir?

Les plaisirs, les amours, songes de quelques heures,
Pour moi depuis ce jour ont perdu leurs attraits;
Dès ce jour, loin du seuil des humaines demeures,
Mon désespoir courut les antres des forêts!

Oh! plaignez-moi, mortels! il est si doux de plaindre!
Surtout si doux de plaindre à qui peut espérer!
Une larme est si douce à qui n'a rien à craindre!
Quand j'étais plus heureux, j'aimais à soupirer!....

Plaindre, s'il est un Dieu, doit être son délice.
Peut-être que le ciel nous défend d'être heureux,
Et fêle des plaisirs le fragile calice,
        Pour mieux plaindre les malheureux!

Quoique j'erre au désert loin de la face humaine,
Quoique j'aime à m'asseoir sous l'yeuse du mont,
Mon cœur, qui, sans témoins, s'enivre de sa peine,
De la haine jalouse a banni le démon!

2

A des langueurs sans fin mon âme est asservie :
Je suis l'aube du jour, je suis l'ombre du soir,
Et ne veux pas mêler, météore d'envie,
Au luxe nuptial du banquet de la vie,
  Le crêpe du désespoir !

Ces espaces d'azur où la vertu ranime
Le vieux rameau flétri de l'immortalité,
Sont d'impalpables mers où le souffle du crime
Echoua dans Eden l'antique humanité.
L'espérance jadis, colombe de passage,
S'échappa de mon sein pour sonder si les champs
Qui s'ouvrent au-delà de la rive des temps,
Arène humide encor et molle de l'orage,
Pourront dans un port sûr recueillir mon naufrage.
Puisses-tu, beau Phénix, oiseau de souvenir,
Me dotant d'un rameau de l'éternelle olive,
M'apporter les secrets de l'incertaine rive,
Et me dire : Jeune homme, espère un avenir !

Jouissez, ô mortels, espérez, enfans d'Éve !
J'ai trop de vos plaisirs connu la vanité.
Eh ! qui peut ici bas, sans espoir et sans rêve,
  Vivre de réalité ?

Non, je ne puis durer dans la voirie immonde
Où me traîne le sort. De songes tourmenté,
Mon cœur est une voix de l'immortalité,
  Qui n'a point d'écho dans ce monde !
Peut-il, qui sent un dieu, vivre d'humanité ?

Oh ! qui m'exhumera de la prison de fange,
Où l'homme, dieu mortel, sert les besoins des sens ?
Qui te rendra les airs, flamme qu'en moi je sens,
Ame, foyer de l'être, âme, essence de l'ange ?
Oh ! quand, ressaisissant ta pure liberté,
Voleras-tu du monde où tout passe, où tout change,
  A l'immuable éternité ?....

Les Rois et les Dieux s'en vont.

L'âge qui fait tourner les sphères immortelles
    Sur l'axe de l'éternité,
Couvre, comme un vautour, de la nuit de ses ailes
Et des rois et des dieux l'antique majesté.
Que de saintes parois redemandent leurs ombres !
Que d'autels dévoilés ont oublié l'encens,
Et pleurent, inclinés sur leurs bras de décombres,
Leurs dieux, au fond du ciel mutilés par le temps !
Que de sceptres vieillis sur des têtes esclaves !
Que de trônes, ô temps, tu vides de Césars !
Que d'Attilas, tombés du fier pavois des braves,
Ont couvert de leurs corps l'ornière de leurs chars !

Persiffler ce qu'hier adorait un autre âge,
Jeter au préjugé la foi de ses aïeux,
Avec un plomb brûlant cautériser l'outrage
D'un trône légitime à force d'être vieux;
Torrent, au large essor, mordre l'étroit rivage
Où le sort enchaîna ce Procuste géant,
Et sur le lit des ans, avec un bruit sauvage,
Rouler un lourd gravier de ruines, de sang;....
Telle l'humanité sur les siècles s'avance,
A travers des débris, îles de souvenir !
    Pélerine de l'avenir,
Du long désert des temps dédaignant la distance,
Elle va sur un char, à l'immuable essieu,
Qu'un sang toujours récent défend contre la rouille,
Sur l'autel du progrès déposant la dépouille,
    Tantôt d'un roi, tantôt d'un dieu!....

Viens, remontons ce Nil, le long des temps dressé;
Ces cent mille débris qui furent cent mille êtres,
Ces cous hachés des rois, ces poings coupés des prêtres,
    Disent : C'est là qu'il a passé!....

Le cœur de tout despote est le fourreau d'un glaive;
Chaque César qui naît a, comme ombre, un Brutus....
Qui sur nous aussi haut que l'empire se lève,
    Doit se cuirasser de vertus....

    Aux pieds du buste de Pompée,
Jules frappe le sol du front et des genoux.
Des trônes renversés, ô Cromwel, ton épée,
Tiède du sang des rois, jette au peuple leurs cous!....

Et toi, fier patricien, qu'encor Vénise abhorre,
Sur ta tête de roi pesa Thiépolo!....
Le clocher de Saint-Marc a reflété l'aurore
    Au sabre nu de Dandolo!....

Ainsi tombent tous ceux dont l'imbécille rage
Ose rompre une lance en face d'un grand âge.
    Un dieu seul peut jouter contre un géant.

Sont-ils dieux tous ces rois qui cèdent à l'orage?
De tout autel qui choit le peuple est mécréant.
C'est vouloir faire tête à la foudre qui tombe!
C'est vouloir du vautour délivrer la colombe,
    Vouloir au front de l'être asséner le néant!

Le vautour d'Holy-Rood, du haut des tours antiques
Où l'a jeté l'exil, ouvre un ongle de sang
Sur nos droits ressaisis, nos libertés publiques,
    Et le reploie en frémissant!

C'était un de ces dieux, adorés par la crainte,
Qui, par défaut de sang, se sacrent d'huile sainte,
Se voilent par mystère au fond des vieilles tours,
Et, pour singer la foi, s'entourent de Druïdes!
Non, l'homme ne croit point à des dieux homicides;
   Non, il n'a point d'encens pour les vautours!

Il faut que chaque siècle inspire des sibylles;
Chaque siècle a besoin de croire à d'autres dieux!
Fils d'Adam, aspirons à des cieux si mobiles!
   Le ciel vacant est à qui ment le mieux!....

Le ciel est un Égée où des milliers d'Icare
Ne laissent, en tombant, que l'écume d'un nom!
Saturne, renversé de l'Olympe au Tartare,
Emboua d'Uranus la céleste tiare
   Dans les marais du Latium!

Qu'a fait de son Stator le rivage du Tibre?
   Qu'a fait Delphes de son trépied?
D'Odin, au cœur de sang, à l'inhumaine fibre,
Le coteau d'Albion n'est plus le marchepied.
Sur les plages du Caire évoquez les fantômes
   Des Osiris et des Horus.
Il faut, pour durer Dieu, bien mériter des hommes;
   Des dieux tyrans le temps est le Brutus!....

Le dieu de l'Arafat pend aussi sur l'abîme;
Le temps efface aussi la page des Korans!
Je te plains, ô Jésus, toi qui fus dieu sans crime!
Je te plains de périr sous la main des géans!
De larmes au malheur mon cœur paie une dîme.
Dors sans outrage, dors sur la rive des ans!....

La Méditation au bois.

A M. C....

Ami, disais-je un soir, loin de ces bruits immondes,
Allons fouler du bois l'harmonie et le frais;
Allons, en échangeant nos tristesses profondes,
Dans le sein l'un de l'autre épancher nos regrets !

Allons secrètement, trompant l'œil de l'envie,
Nous asseoir, pour pleurer, dans la brume du soir !
Comme toi, chaque jour la rose de ma vie
Croît dégouttante, hélas ! des pleurs du désespoir !

Arrêtons-nous ici.... je retrouve un sourire !
Posons nos membres lents sur ce lit de gazon.
Il est si doux ce flot qui bégaie et soupire ;
Il est si beau ce pré, si beau cet horizon !

J'aime à m'envelopper et de silence et d'ombre
Comme un mystère encor à moi-même inconnu !
J'aime, lorsque la nuit jette son crêpe sombre,
A creuser mes chagrins sur un rivage nu !

Que l'onde mollement bat l'herbe de ses plages !
Entends bruire au loin le flot précipité !
Ne te semble-t-il pas ouïr gronder les âges,
Posé, comme un ramier, sur l'immortalité ?

Que ce ruisseau toujours au pied du chêne meure!
Comme un époux d'azur qu'il embrasse à toute heure
    La rive aux Méandres de fleurs;
Et les rêves heureux d'un plus riant génie
Mettront la lyre, à la douce harmonie,
A la place du luth qui vibre mes douleurs....

Quand du joug des destins, ami, serons-nous libres?
Mon cœur est un abîme, aux tempêtes béant,
Où l'écho des douleurs va de fibres en fibres,
Roulant, roulant ces mots, deuil! désespoir! néant!....

Regarde ce roseau : sous le zéphir champêtre
Comme sa tête ploie et tombe sur le bord!
Qu'est l'homme qu'un roseau? Les orages de l'être
Courbent son front qui pend dans l'auge de la mort!

Contemple de ce mont la tête grise-et nue
Qui semble s'éloigner au couchant radieux....
Tel l'exilé lointain, à la rive connue,
Des bords de l'horizon, fait ses derniers adieux!....
On la dirait nager dans les flots de la nue,
Comme un jour sur la mer nageait l'île des dieux!

Qu'il est grand ce tableau! Coûta bleuâtre et sombre
D'un feutre de nuage enveloppe son front,
Et le lit du torrent dans les vapeurs de l'ombre
Descend en serpentant le long des flancs du mont!

La plaine au loin brunit d'herbe et d'ombre émaillée;
Ce flot passe son être à caresser ce bord;
Un jour mystérieux glisse par la feuillée,
Et sur l'herbe, en tombant, dessine un disque d'or!

Tandis que le torrent, de Coûta fils sauvage,
Va sur la plaine au loin jetant sa grande voix,
La Vidourle, dormante à l'ombre du rivage,
L'embrasse et coule en paix dans le lit de son choix.

Comme l'onde qui fuit d'une autre onde suivie,
Et se perd, sans se plaindre, au sein de l'Océan,
Si le ciel nous donnait de nager sur la vie,
Que nous importerait d'aborder au néant?

Vœux, hélas, superflus! O mon ami champêtre,
Dans les bras l'un de l'autre affrontant l'avenir,
Laissons-nous entraîner sur la pente de l'être,
Et cueillons en passant le lis du souvenir!

Porte ici tes regards. Là, fut jadis un fleuve;
Sous la lèvre du temps son cours s'est desséché!
Pleure, fleuve natal, pleure, ton urne est veuve;
Des fils de l'Océan l'âge t'a retranché!

Ainsi de l'existence, ainsi passe le rêve!
Comme un astre malin, le temps boit notre sève!
Il ne reste de nous qu'une poudre et des os!
Le lièvre du désert, sorti de son repos,
Agitant sous ses pas la frémissante grève,
A ce néant sans voix semble prêter ces mots :
« Tout naît et meurt, tout flot écume et passe ;
Sur cette mer on jette l'ancre au port :
C'est piété de plaindre une disgrâce,
De s'éplorer sur l'urne de la mort!
De mon cercueil, flot, qui, rasant le lierre,
Aux pieds du chêne étends tes nappes d'or,
Un autre flot, passant sur ta poussière,
Murmurera, demain peut-être :.... Il dort!
Roule moins fier autour de la lisière :
Tu dois aussi ta ruine à ce bord! »

De nos êtres, ami, dure encore la source;
Le sort nous mêle encor au troupeau des humains.
Mais sous la soif du temps quand, épuisant leur course,
Les urnes de nos jours tariront dans nos mains,

Fasse le ciel heureux que la goutte dernière
Dans le gouffre éternel tombant de nos matins,
Sonne, horloge de mort, au bout de la carrière,
Même terme à nos maux et même heure à nos fins!....

La Mort d'Escousse.

Pourquoi mourir, nous, jeunes hommes?
Pourquoi languir de nos vingt ans?
Pourquoi, naissans flambeaux, sur la terre où nous sommes,
Vaciller au souffle du temps?....
Pourquoi, mobiles hirondelles,
Vers d'autres lieux tendre nos ailes,
Quand notre ciel natal n'a point senti d'hiver?
Pourquoi, pampres fanés, jaunir avant l'automne?
Pourquoi, vivaces fruits qu'un brouillard empoisonne,
Tomber quand l'arbre est encor vert?....

C'est que la fleur est éphémère;
C'est qu'ici bas si morne est le festin;
C'est que sur notre corps si lourde est l'atmosphère,
Et sur nos âmes le destin!....
C'est que tout fils pleure une mère,
Toute mère l'enfant qu'elle aimait à nourrir;
C'est que tout roseau plie et que toute onde altère;
C'est que toute urne doit tarir!....
C'est que tout rêve d'or est payé de souffrance;
C'est que toute infortune accuse une espérance;
C'est qu'il est meilleur de mourir!....

Chaque homme a dans ce monde un vase d'amertumes,
Boueux!.... De ce calice d'or
A peine a-t-on touché les premières écumes,
On sent déjà l'haleine de la mort....
Car la mort, cette bête immonde, inassouvie,
Croupit dans les bourbiers des marais de la vie,

Comme un crapaud, hideux à voir!....
Plus on trempe la lèvre avec enthousiasme,
Plus l'odeur de cadavre approche,.... et le miasme
Suffoque l'homme.... Il meurt sans le prévoir!....

Dieu charge l'âme, comme une bête de somme,
   De sa haine.... Par tant de maux grevé,
Faudra-t-il s'étonner si ce jonc faible, l'homme,
   Ecrasé, tombe aux fanges du pavé?....
D'êtres surnaturels l'homme est le fils posthume,
Car nul père connu ne lui fit ses adieux....
Lié sur un rocher, que la foudre consume,
   Par un destin mystérieux,
Le plus lâche vautour se joue avec la plume
   De cet aiglon, peut-être fils des dieux!....

Une fois qu'ici bas l'espérance fanée
A de l'être mortel désenchanté la foi,
Dans toute son horreur lisant sa destinée,
Cette lourde existence à l'âme condamnée
Pèse comme le sceptre aux mains lâches d'un roi!
C'est passer comme un tronc roulé par les orages
Sur le dos du torrent le long du mont dressé,
Et, d'écueils en écueils, balloté sur la plage
   De l'avenir et du passé;
C'est fier son salut à la voile du doute;
C'est, hère des tombeaux, et la mort dans le flanc,
Ne reposer ses pieds aux bornes de la route
   Que pour en essuyer le sang!....

Puis, est-ce un œuvre ingrat si, poussés à l'extrême,
   Comme l'âme noire d'un mendiant,
Contre ces dieux amers notre bouche blasphème?....
   Ils nous lancent la foudre en souriant!....
   Si, malheureux, dont le sort fut de naître,
Voulant par ses auteurs se faire reconnaître,
   Humilié comme un roseau,
Il médite à sang-froid son salut par un crime;
S'il ose, au désespoir, se faire la victime
   Pour le plaisir de devenir bourreau?....

Non, c'est tout naturel que lorsqu'un fardeau pèse,
Lorsque crie, aux abois, mon dos laborieux
Assez,.... je le secoue et je me mette à l'aise....
      Disent ce que voudront les dieux !....
Tu l'as jeté, jeune homme, aux bornes de la route,
Ton fardeau.... Paix à toi !.... ton sommeil ne te coûte
   Que ce tombeau d'honnête pauvreté....
Si le juge éternel te présente la foudre,
Tout homme expiateur prend sur lui de t'absoudre
     Au nom de ton humanité !....

Qu'est-ce que la Vierge ?

C'est un être idéal que devine mon âme,
Que je cherche ici bas, que je ne puis trouver,
Qui sourit à mes yeux dans les yeux d'une femme,
Qui n'est pas une femme,.... et que j'aime à rêver;....

Qui n'a jamais été sur la terre où nous sommes,
Que nulle bouche humaine au monde n'a nommé,
Qui n'a jamais parlé le langage des hommes,
Et qui fait qu'ici bas je n'ai jamais aimé !....

Je le sens dans la fleur qui parfume la plaine,
Le vois dans l'odalisque et l'entends dans le son;
Dans la brise du soir j'aspire son haleine;...
C'est une ombre qui fuit quand je l'approche à peine,....
   Chose qui n'a ni de voix, ni de nom !....

Jeune homme pur encor, dont le sein se soulève
Comme une belle gorge aux globes palpitans,
Dont le cœur est amour, la jouissance rêve,
Qui de la courtisane as sauvé ton printemps,
Et ne laissas jamais s'évaporer ta sève
    Dans le brasier de tes vingt ans,....

N'as-tu jamais, le soir, monté sur la colline,
Quand le ciel est serein, quand le soleil décline,
  Quand l'horizon va s'embrumant;....
N'as-tu jamais, assis sur la pierre isolée,
  Vu, comme par enchantement,
Quelque chose de femme au fond de la vallée,
Pleurer, le front penché, la tête échevelée,
  Ou sourire languissamment?....

N'as-tu pas aussi vu, lorsqu'a passé l'orage,
  Quand l'arc-en-ciel se courbe à l'horizon,
Quelque fantôme ami voguer sur un nuage,
  Se refléter sur le gazon?....
Et, nageant vaguement sur un flocon de nue,
Dans les flots vaporeux des célestes chemins,
Comme une blonde enfant, que ton cœur a connue,
Comme un ange endormi, la gorge demi-nue,
  Tendre d'en haut de blanches mains?....

Cette chose, ce rien, cette forme éphémère,
Que fait évanouir le moindre souffle, un vent,
C'est ce que j'aperçois à travers le mystère,
Nuit, jour, matin et soir, dans la veille ou rêvant....

Infidèle copie, image mensongère
Dune réalité qui se voile à mes yeux,
Que mon cœur inquiet poursuit sur cette terre,
  Que j'atteindrai peut-être.... aux cieux!....

Lord Byron.

Quel est cet aigle altier dont les pas solitaires
Des monts, où sert l'Hellène aux tombeaux de ses pères,
Foulant l'antique front, sur la neige des ans,
Lourde de désespoir, aime à poser sa tête,
De tout l'orgueil humain domine la tempête,
Et, Dieu, voit à ses pieds passer les ouragans,
Comme de forts béliers se heurter les nuages,
Mugir la grande voix des foudres, des orages,
    Ramper l'homme, ronger le temps?

Est-ce un ange tombé de sa brillante sphère,
Qui nourrit sans espoir des souvenirs de dieux,
Et veille sur les monts quand tout dort sur la terre,
Pour lui faire d'en bas de sublimes adieux?

Il hait l'homme et le plaint; mystère, de son être
Le ciel a le secret, le monde doute encor!
C'est un fils d'Albion! Des bords qui l'ont fait naître
Au désert, jeune aiglon, il a pris son essor!

Ses plaisirs sont ses maux, et l'ombre son empire,
Le néant son penser, son dieu le désespoir!
La mère au bel enfant, ni la vierge à l'œil noir,
N'ont jamais sur son front reflété leur sourire!
Il se voile de nuit, comme un chêne, le soir!

Au souffle du Simoun, tel que, géant de poudre,
Le sable de Zara roule ses monts mouvans,
Son cœur est un nuage où se cache la foudre,
Et que des passions se disputent les vents!

3

Les doux liens du cœur, charmes de la tristesse,
N'ont jamais su fléchir l'orgueil de ses douleurs !
C'est un lion : il mord la main qui le caresse !
Aime-t-il, de l'amour il étouffe les fleurs !

Que de fois de son âme, aux noirs pensers livrée,
Le désert orageux a répété ce cri !
« Ada ! » Mais, en naissant, de ses baisers sevrée,
A ses pleurs, belle Ada, jamais tu n'as souri !

Tu t'étonnes, Byron, que la sainte espérance
Tempère, en y versant le miel de l'ignorance,
Le vase amer du jour du vase de demain,
Plie au sillon le pauvre à la calleuse main,
Et fasse épanouir les nerfs de la souffrance !....

Lorsqu'un dieu, réduisant l'homme à l'humanité,
Inocula la mort aux veines des fils d'Eve,
Il y grava l'espoir de l'immortalité !
Mais à l'ange déchu que sert, hélas, le rêve ?....
        Il connut la réalité !....

Oui, tu n'es point sorti de l'impuissante poudre
Dont le ciel a pétri les êtres d'ici bas,
Et ton front porte encor l'empreinte de la foudre,
Que sur toi, Dieu tombé, d'un Dieu lança le bras !

Malheureux ! oses-tu, de ton désespoir ivre,
Fouler l'humble roseau ? Sur ce funeste bord,
Ah ! laisse-nous en paix traîner l'ennui de vivre,
Et baigner de nos pleurs les rivages du sort !

« Créature sans nom ! d'Adam fangeuse race ! » —
Que t'ont fait les mortels ? Déchu des hauts palais,
Ce monde hospitalier accueillit la disgrâce :
C'était peu pour un dieu, pour l'infortune, assez !....

L'homme est faible, Byron, ne froissons pas l'arbuste !
La pitié du néant est l'essence des dieux !
Dieu, sois compatissant; mortel, ne sois que juste !
Laisse l'homme ramper, et plane, si tu peux !....

Je t'aime cependant, j'aime ces mœurs bizarres;
Ton nom flatte mes sens comme les chants tartares
Saluant au désert l'espoir d'un jour serein,
Comme les sons aigus des lugubres fanfares
Qui bercent Lucifer sur son trône d'airain !

De l'aigle, des mourans, des torrens, des tempêtes,
Comme toi je me plais à dévorer les cris !
J'aime ces grands malheurs qui des superbes têtes
Dans les fanges du peuple abîment les débris!

Comme toi, monts, déserts, précipices, orages,
Cratère tout béant des volcans entr'ouverts ,
Océan en courroux portant jusqu'aux nuages
Les cadavres des morts et le cri du naufrage,
De mes noires douleurs dérident les hivers !
J'aime ces flots de sang et ces champs de carnage
Où paissent mille rois, vautours de l'univers !

Oh! j'aimerais, assis sur un roc de l'Averne,
Entendre ces clameurs, ces traînemens de voix,
Mourant et renaissant dans la vide caverne
Où tout tombe et se change en ombre, jusqu'aux rois !

Comme toi-même aimais, dans la nuit grande et sombre,
Entendre le lion au sein des bois d'Hella
Foulant d'un pied obscur le silence de l'ombre,
Ou remplissant de cris les antres de l'OEta !

Je suis ange, Byron, mais un ange sans ailes !
Oh! si l'aigle un moment m'adaptait son essor,
Nous irions, traversant les sphères éternelles,
D'un front, chargé de haine, épouvanter le Sort !

Nageant dans un éther, saturé d'harmonie,
Nous irions nous mêler aux chœurs mélodieux
Qui bercent du grand Tout l'aérien génie,
Ou, tombant de si haut, nous tomberions en dieux !

La Hutte du Faubourg.

Honte ! honte et malheur à la richesse altière,
  Dont la fierté, dure, inhospitalière,
Dédaignant à ses pieds le haillon douloureux,
N'a jamais su goûter, en son âme de pierre,
Tout ce qu'il est de doux à plaindre un malheureux !

Vois ce voluptueux : dans la coupe des joies
Exprimant des plaisirs l'impudique nectar,
L'or d'autant de pudeurs lui fait autant de proies !
Il passe, et son œil sec n'a pas même un regard
Pour la vertu sans pain qui lui tend sa main vide !
Il passe, rempli d'or et de satiété,
Et n'entend pas le cri de son entraille avide
Hurlant sous les lambeaux de la mendicité !
Mais sa sale Vénus, ivre de volupté,
De la pauvreté chaste exploitant la misère,
  Paie avec l'or la honte d'une mère
  Et la rougeur de la virginité !....

Heureux, il est si doux de plaindre la souffrance
  Qui sans orgueil se traîne à notre pié !
Riches de soupirer les maux de l'indigence
Et de tendre à sa main le liard de la pitié !

Suis-moi, voluptueux, blasé de jouissance ;
Si ton âme est encor, malgré ton indolence,
Capable de sentir, capable d'espérer,
Je veux de ton cœur mate irriter l'impuissance,
  Je veux t'apprendre à soupirer !

Suis-moi dans ces réduits, dans ces huttes serviles,
Où contrastent de loin les palais de nos villes,
Repaires d'ombre où vit un peuple mendiant,
　　Où le pain manque à la voix de son flanc!

De ce noir soupirail, de ce foyer sans flamme,
Approche, et, sans frémir, contemple cette femme.
Ces lambeaux de haillons, hideux à faire peur,
　　Ne sont pas même un voile à sa pudeur!
Infortunée, hélas! pendante et desséchée,
Sa mamelle languit aux lèvres d'un enfant,
De qui la bouche aride y demeure attachée,
Comme un lis au ruisseau qui n'a plus de courant!
Quand la goutte de lait manque au sein d'une mère,
Quand cette urne de l'être a cessé de courir,
Qui pourrait refuser une larme éphémère?
Qui pourrait me nier qu'il soit doux de souffrir?

Oserais-tu, dis-moi, presser d'une caresse
Ces lèvres, sans parfums que les sueurs d'été,
Et d'un baiser de flamme y provoquer l'ivresse
Sur ce grabat, seul havre, où dort la pauvreté?
C'est pourtant dans ces bras qu'un malheureux repose;
Là, sa bouche de feu cueille la volupté
Dont tu bois les parfums sur des lèvres de rose,
Sur la plume où languit la blême oisiveté!

Aspect attendrissant!.... regarde cette fille,
　　Sans voile que l'obscurité!
Languissante d'amour, aux pleurs de sa famille
Son jeune cœur demande un époux mérité!
Faut-il que la vertu manque de la guenille
Qui voile la pudeur à l'impudicité!

Femme! femme! être aimant, qui désarmes la haine
Qu'à l'auteur de sa chute a dû l'humanité,
Toi, qui sais consoler la grande plaie humaine
Qui déchut nos destins de la divinité!

O femme! astre benin, d'où le bonheur rayonne
Sur ce désert que Dieu frappa d'hostilité!
A qui, malgré ses maux, l'homme aujourd'hui pardonne
De s'être un jour laissé gagner l'éternité,
Lorsqu'il osa jadis dans le céleste empire,
    Avec l'erreur de ton fatal sourire,
        Jouer son immortalité!
Femme! qui pourrais seule à mon âme.... silence!
Aconit s'enfle-t-il où rose se balance,
Et sature d'encens l'atmosphère du soir?
Brebis tendre vit-elle avec renard sauvage?
    Indépendance avec esclavage,
        Amour avec désespoir?....

Quand les âpres labeurs, enfans de la misére,
Font mal sourire, hélas! tes lèvres sans attraits,
Qu'éteignant ton bel astre au fond d'une chaumière,
Ils l'enveloppent d'ombre, encore jeune et frais;
Quand, flétrissant ce sein, sillonné par les larmes,
Où, comme un pur flambeau, veille la chasteté,
    Le désespoir abandonne tes charmes
A la cruelle main de la mendicité,
Faut-il, me dis-je alors, qu'un astre d'espérance,
Eclos pour décorer le ciel de l'existence,
S'efface sous le doigt d'un rigoureux destin,
Et tombe, en soupirant, dans l'ombre à son matin?
Pourquoi faut-il encor que la hideuse bure
Couvre ce sein où vit une flamme si pure,
Comme, lorsque le soir brunit le seuil sacré,
Veille une lampe sainte au fond du sanctuaire,
Ou comme un jour discret dans l'ombre du mystère?
Pourquoi cet ange enfin n'est-il pas adoré?....

Au fond de ce réduit, atmosphère malsaine,
Plus infect et plus noir qu'une hutte du nord,
Autour de ce foyer qui les éclaire à peine,
Où rien ne fut jamais espéré que la mort,

Un vieux père maudit le nœud si doux et l'heure
Qui font revivre l'homme en sa postérité.
Celle dont les vertus ornèrent la demeure,
Jette un morne regard sur sa fille qui pleure,
Et craint pour l'avenir de sa virginité !

Ne te semble-t-il pas, tombé sur le bord sombre,
Contempler, aux clartés des funèbres flambeaux,
Des mânes attroupés parlant, pleurant dans l'ombre,
Ou croisant les lueurs des bûchers infernaux ?

Silence ! la pitié force ton cœur de pierre !
Des pleurs compatissans ont mouillé ta paupière ;
Ce cœur qui jusqu'ici n'a jamais palpité
Que sur un sein vieilli par l'impudicité,
Pourra dans la vertu retrouver l'espérance !
Il n'a jamais joui qui n'a su soupirer.
L'espoir peut au dégoût rendre la jouissance,
Le ciel au cœur sensible a donné d'espérer !....

Les Ruines du Château d'Aubai.

A Mlle Delphine OL.....

Par un chemin, du villageois frayé,
Et que des bois maudit le pâtre même,
Lasse, et le bras sur mon bras appuyé,
A mes côtés marchait celle que j'aime.

Sous nos pas bruit le grès du désert ;
Nous avançons. Aux flancs de la colline
Le vieux manoir, beau d'âge et de ruine,
A nos regards soudain s'est découvert.

Nous gravissons sur le perron antique
Où le temps dort sur l'aride gazon,
Et des vitraux le long ordre gothique
Prolonge au loin l'éclat de l'horizon.

Il est un mur qui brunit sous la mousse;
L'art y sculpta la coquille des mers ;
Le toit, croulant sous l'âge qui le pousse,
Entr'ouvre à l'œil le spectacle des airs.

Le hibou seul possède ces décombres;
Dans la crevasse il couve ses petits ;
Là, par la nuit, de ruines et d'ombres
Il satisfait ses tristes appétits.

Contre une tour je m'appuie et je rêve,
Morne et semblable à l'ange des malheurs!....
Mon front tantôt se penche et se soulève,
Et mon sourcil retrouve quelques pleurs.

Moi-même ainsi croulant sous ma pensée,
Sur un débris, débris, j'ose m'asseoir !
Mon âme ainsi, de son doute oppressée,
Reste entr'ouverte à l'affreux désespoir !....

Que bien, Zeila, sur mon sein tu t'inclines!
Contre ton cœur mon cœur se sent presser!
Comme une fleur, qui croît sur des ruines,
Zeila sourit, et cesse, pour penser.

Tout se taisait : comme un mane sauvage,
Par l'herbe sèche a brui l'air marin.
Je me disais : Autrefois l'esclavage
Changeait ici le sceptre en fouet d'airain !

Ici jadis les sueurs de nos pères
Payaient leur honte et celle de leurs rois!
Contre ces murs et ces donjons austères
Des cris de mort se brisèrent cent fois !

Ici le droit, qu'on foulait comme une herbe,
Sacrifiait à la foi du blason,
Et sous les pieds d'un despote superbe
Fléchit un jour l'inflexible raison !

Ici la crainte enchaînait ces esclaves
Qui sur nos bras pesaient comme des rois !
Pour ne pas craindre étaient-ils assez braves ?
Ils font le crime et baisent une croix !....

Et l'on voudrait rendre l'hydre à la vie !
Et contre un siècle on ose se lever !
Le seul délire en a conçu l'envie,
Un prêtre-roi, seul, a pu le rêver !

Et l'on voudrait sous de gothiques chaînes
Faire du peuple un servile histrion !
Non, non : le peuple a secoué ses rênes !
Il s'est compté,.... le peuple est un lion !

Non, désormais la France est une Rome !
Le seul mérite ennoblira le sang !
La liberté !.... c'est le cœur qui fait homme !
C'est la vertu qui doit faire le rang !

Votre navire expire sur la grève,
Et du blason le peuple est mécréant !
Lorsqu'en mourant le despotisme rêve,
L'humanité marche à pas de géant !....

Plus de donjons, de créneaux, de tourelles !
L'équité sage est notre seule foi !
A nos martyrs, Français, soyons fidèles !
Pour être libre il faut croire à la loi !....

Mais, retenons une voix trop austère :
Une ruine !.... il faut la respecter !
N'est-il pas beau de plaindre une poussière,
Alors qu'on peut, sans crainte, l'insulter ?....

Déjà l'azur se revêtait de brume,
De ma Zeila ma main a pris la main;
Sous la colline, où le village fume,
De la cité je reprends le chemin.

Le Doute.

La colombe timide et le milan sauvage
Ne s'assemblent jamais sur le même rivage,
Et l'homme infortuné, jouet d'un ciel d'airain,
Vit avec la douleur dont il repaît la faim.
Couple, qu'un nœud fatal dès le berceau rassemble,
Sur le même oreiller ils reposent ensemble.
L'homme, époux confiant, dort sur la foi des dieux;
Il dort, et la douleur, farouche Messaline,
Entre ses bras poignans l'étreint et l'assassine,
Et le jette au trépas, présent bien digne d'eux!
La triste humanité, proie en tourmens féconde,
Sent toujours dans ses flancs la serre des douleurs,
Et cette basse terre est une fosse immonde
D'où sourdent nuit et jour les râles et les pleurs!....

Quand l'homme, me dis-tu, qui meurt sans se connaître,
Tombe, fruit desséché, du vieil arbre de l'être,
Où va l'homme?.... Dans l'ombre il se perd en rêvant!
Que dis-je? du cercueil cette loi m'est cachée.
Interrogeons pourtant, à sa tige arrachée,
La feuille dans les airs, frêle hochet du vent!

Belle prostituée à l'homme qu'elle élève,
Et dans ses bras de lis berce jusqu'à la mort,
L'espérance, ce songe, auquel j'ai cru d'abord,
Sur un lit idéal l'enveloppe de rêve,

L'embrasse ; le mortel lui sourit à son tour.
Mais le masque plus tard tombe, l'homme s'éveille,
Le sylphe disparaît,.... et l'heure de la veille
Le jette, palpitant, sous l'ongle d'un vautour !

D'un vautour éternel éternelle pâture,
De l'homme épouvanté la fragile nature,
Pour absoudre le sort, imagina les dieux.
Les dieux !.... ah ! s'il en est, ils ne sont point aux cieux !
L'Averne est leur manoir, leur trône les abîmes !
Les malheurs des mortels de ces dieux sont les crimes !
Dieux, faites-vous comprendre, et vous aurez ma foi.
Je t'adore, ô néant, je ne comprends que toi !

Je consultai le ciel où le mortel espère,
Où le pétrit un dieu de boue et de mystère !
Ma voix interrogea la voix de l'Océan !
Suspendu sur le gouffre où le désespoir rôde,
Où l'aigle un jour tournoie, où mugit l'ouragan,
J'écoutai son murmure et sa prophétique ode !
J'espérais qu'une voix de ces mondes divers
S'échappant me crîrait : Roi de cet univers,
L'homme est fait pour le ciel, ou bien, tu n'es que poudre !
Mais le ciel me répond par la voix de la foudre ;
Des mers pour m'engloutir les flancs se sont ouverts !
          Et des entrailles de l'abîme
Où le destin incline un front qu'il fait rêver,
Sur l'aile d'un vautour, pour me pousser au crime,
Un dieu, comme une flamme, a paru se lever !....

De la foudre et des flots j'ai compris le langage ;
Jeté loin de l'espoir, mon cœur s'est resserré ;
Sous les bras du destin, rien ne m'a rassuré !
De ces dieux sans pitié la terreur est l'hommage !
S'il était un dieu bon, je serais consolé !
Le ciel est un désert que la crainte a peuplé !

Jours heureux du jeune âge ! ô crédule innocence !
Quand sous le toit pieux du paternel manoir
A l'autel de la foi j'épousai l'espérance,
En joignant ma prière aux prières du soir !

Oh! que j'ai payé cher l'orgueil de trop connaître!
Adieu, temple de chaume, au hameau respecté,
Que bâtit à son Dieu la piété champêtre,
Lieux où, sans le comprendre, adorant le grand maître,
De mon cœur, vierge encor, j'offrais la pureté;
Où, mêlant une larme aux larmes de ma mère,
Sur ton autel sacré que je baignais de pleurs,
Homme-Dieu, des enfans séraphin tutélaire,
Je brûlais le parfum de mes saintes douleurs!

J'ai trop connu depuis, hélas! ce que peut-être
L'homme, pour être heureux, n'eût jamais dû savoir!
J'ai sondé, j'ai creusé le secret de mon être!
Je n'ai vu que la nuit!.... qui peut se concevoir?
Du moins, ô piété, dans ce dédale sombre,
D'un fil, pour me guider, que n'armais-tu ma main?
Il aurait à mon cœur, dans les erreurs de l'ombre,
Du jour doux de l'espoir redonné le chemin!
Je doutai : dès ce jour mon printemps fut sans roses,
         Mon être sans réalités!
Dieux, mystères, autels, jadis si respectés,
Vous n'êtes que des noms! les maux seuls sont des choses!
Les noms ont disparu, les maux seuls sont restés!
Oh! quand pourrai-je, espoir, lassé de te poursuivre,
Dans la paix du néant, où long-temps j'aspirai,
Reposer mon destin du long malheur de vivre,
Et secouer les maux dont l'être est torturé!

Mais pourquoi doutais-tu, me dira la folie?
De tout esprit pensant douter est une loi!
N'aigrissez point les maux dont la chaîne me lie:
J'ai trop pensé, trop vu, pour conserver ma foi!
Ecoute le néant où ce qui fut repose;
Il murmure ces mots : Que l'homme est peu de chose!
Capitole déchu, qu'as-tu fait de tes rois?
Où l'aigle fut jadis est aujourd'hui la croix.
Médite les beaux jours des rives du Scamandre,
Des empires épars interroge la cendre!
Entends-tu du cercueil la véridique voix?

« Oh! qui peut du destin secouer les entraves?
Le tombeau d'Ilium du Turc est insulté,
Herculanum se perd sous un désert de laves,
Le cadavre de Rome aux Alains fut jeté ! »

Moi, dont contre le temps le sort a joué l'être,
Sur le gouffre des ans faible arbuste agité,
Quand tout meurt sans retour, mourrais-je pour renaître?
D'un avenir sans fin serais-je seul doté ?
Nous sommes des rameaux dont l'âge boit les sèves,
Des éclairs dont il reste un frêle souvenir;
Nous passons, et le temps brise, sans revenir,
  Comme l'écume sur les grèves,
  Nos réalités et nos rêves
  Sur la plage de l'avenir !

J'ai vu du grand blasé la froide indifférence
De l'art de vivre heureux épuiser les secrets,
Et, détournant son œil de la pâle indigence,
Oublier le haillon au seuil de son palais!
Je descends sous le chaume, où, blême, au teint livide,
Gît un groupe d'enfans, que décharne la faim;
D'une table déserte ils parcourent le vide,
A leur mère, qui pleure, ils demandent du pain!....
Elle embrasse et dépose aux genoux de son père
Sur l'urne maternelle un jeune être penché,
Qui sourit un instant aux larmes de sa mère,
Et retombe, mourant, sur son sein desséché !
Pourquoi l'or et la pourpre à côté de la bure?
Ne sommes-nous pas tous enfans d'un même ciel?
S'il est juste ce Dieu qu'adore la nature,
Pourquoi là l'amertume? ici, pourquoi le miel?

L'Océan qui s'entr'ouvre, et l'Etna qui se lève
Lançant sur les cités ses entrailles de feux;
Néron, baisant le sang dont ruisselle son glaive,
Semblent, sur nos débris, tenter s'il est des dieux!
L'homme, en butte au destin, des dieux a fait le rêve;
Nos pleurs sont pour en haut l'hymne mélodieux !....

4

Quel est ce champ de mort, ce cri de funérailles
Que le vent de l'Àrctos apporte jusqu'à moi ?
Là, des peuples long-temps fumeront les entrailles ;
Est-il vautour aux airs plus vorace qu'un roi ?
Ainsi de quelques grands tout un monde est la proie !
Le crime règne seul : pourtant il est des dieux !
Qu'ils tonnent sur le crime afin que je le croie !
N'ont-ils pas une foudre ? et que font-ils aux cieux ?

Arrête ! contre un dieu borne là tes outrages !
Tels contre un bloc d'airain meurent d'impuissans traits !
Quoi ! ton orgueil, du temps franchissant les rivages,
Ose de l'infini mesurer les secrets !
L'arbuste sans appui, que froisse un jour l'orage,
S'est-il contre l'orage en plaintes essayé ?
Le granit que la mer engloutit sur la plage,
Dit-il jamais : ô mer pourquoi m'as-tu noyé ?
Ne te plains pas d'en haut, homme, ou plutôt fantôme :
Car de la part des dieux les outrages de l'homme,
Au lieu d'un coup de foudre, obtiennent un souris !
Pour mériter d'un dieu, l'homme est trop peu de chose !
L'aigle sur l'arbrisseau jamais ne se repose.
Dieu t'absout ; sa pitié de l'insulte est le prix !
« Qu'il est petit, dit-il, pour un carreau de foudre,
Ce roseau des marais dans la fange planté !
Laissons le moucheron bourdonner dans la poudre,
    Endormons-nous dans notre Éternité !.... »

La Pensée de l'Être.

Assis près d'un écueil sur la borne mobile
Qui des champs du passé sépare l'avenir,
Un jeune homme, le front penché de souvenir,
Importunait le ciel d'une plainte inutile.

O ciel! n'es-tu pas las de rider le matin
D'un lac qui n'a jamais réfléchi ton sourire?
De froisser un roseau qui gémit et soupire,
Ainsi qu'un luth vibrant sous le bras du destin?

Hélas! qu'est pour moi l'être? Une longue harmonie
Qui ruisselle en sanglots de mes flancs entr'ouverts,
Qui d'insensibles dieux berce le froid génie
Sur le trône d'Ether où se meut l'univers;

L'Yeuse, où le vautour saigne l'humble colombe,
Le rocher du désert battu des quatre vents!
Le sable qui tantôt et se dresse et retombe,
Et qui tantôt se creuse en abîmes mouvans!

Un cadavre en lambeaux, qu'a roulé dans l'abîme,
Sous l'ongle des vautours, le nocturne brigand!
Où maint aigle, exploitant la dépouille du crime,
      S'enivre et de chair et de sang!
Un peu de fange où Dieu souffla jadis peut-être,
Mais que pousse au néant le naufrage de l'être!
Le néant! qui de l'être efface le miroir!

C'est là, race d'Adam, ce que tu nommes vie!
Vivre, c'est donc mourir! c'est donc pâtir l'enfer!
Elle vit, dans les airs des milans poursuivie,
La colombe qui meurt sous un ongle de fer!

Cesse de me jouer! pour souffrir ton entrave,
O destin, je me sens trop au-dessus de toi!
Parle! que prétends-tu faire jamais de moi?
Un malheureux? tu peux : un jouet? je te brave!

J'ai, pour te résister, plus de cœur qu'il n'en faut!
Mon argile peut plus qu'une vulgaire fange!
Cet orgueil du néant doit irriter un ange!
Je me sens assez grand pour tomber d'aussi haut!

Tu peux bien m'assaillir, comme la jeune pomme
Atteinte du caillou que l'enfant a jeté !
Je suis trop sans espoir pour n'être rien qu'un homme !
Tu m'auras abattu ! mais m'auras-tu dompté ?....

Êtes-vous son séjour, demeures éternelles ?
O Sort, si ton manoir s'y révélait à moi,
De l'aigle impétueux j'emprunterais les ailes,
Et j'irais t'y saisir et lutter contre toi !

Voix sonore du mont, de la grande caverne
Les flancs de diamant t'auraient-ils recélé ?
Oh ! je fendrais encor, je percerais l'Averne !
J'apparaîtrais, tout haine, à ton regard troublé !

Du ventre de l'abîme aurais-tu fait ta bauge ?
Oh ! je me ruerais dans ses flancs entr'ouverts
Pour t'écraser au fond, au fond même de l'auge
Où tu gis pâturant des maux de l'univers !

Es-tu le chant de l'aigle ou l'esprit de l'orage,
Ou l'ange de la foudre ou la voix des torrens ?
Serais-tu l'Océan comblé par le naufrage
Des cadavres des morts, du râle des mourans ?

Tu te caches pour mieux insulter à ma peine !
Telle au fond d'un hallier l'hydre, au dard foudroyant,
Enchaîne dans les nœuds de sa puissante haleine
Le ramier, fasciné, dans les airs tournoyant !

Hanterais-tu le ciel ? du mont ou de l'abîme,
O sort, hanterais-tu l'inaccessible flanc ?
Si je puis cependant te provoquer sans crime,
J'ose te défier et te jeter un gant !....

Triompher d'un grand cœur pour toi n'est pas sans gloire !
Un Dieu contre un Satan osa bien se lever !
Décidons du plus fort ! Triomphant, la victoire
Me donne à l'avenir le droit de te braver !

— Insecte, grand d'orgueil, rampe, dis-tu peut-être. —
Silence!.... Là je sens un principe de feu,
Une horreur du néant, une opulence d'être,
Qui, si je n'étais homme, en moi créeraient un dieu!....

Le monde est trop heureux pour consoler ma peine!
Dans la coupe de l'être il effleure le miel!
Hélas! et moi, le sort, pour mieux sentir sa haine,
M'a fait un cœur de flamme, et pour qui tout est fiel!

Des cavernes, des bois, il me faut l'abri sombre!
Désormais je veux être un lion des forêts,
Le loup dont le regard, étincelant dans l'ombre,
D'une double lueur domine les guérets!

Je veux me retrancher sur les sommets de l'être!
Là, phare du malheur, météore du soir,
J'apparaîtrai, sinistre,.... et l'on dira peut-être :
Plaignons ce malheureux! jeune, il n'a plus d'espoir!....

Là, comme l'aigle altier, dont le pied erre et vague
Sur le front du désert, dans l'ombre du rocher,
Comme le mât sombrant repoussé par la vague
Sur la roche pendante aux cheveux du nocher,

Un pied dans le cercueil, l'autre aux bords de la vie,
Souriant de tristesse à l'abîme béant,
O destin, j'attendrai l'arrêt de ton envie,
Pour aller m'endormir du sommeil du néant!

Alors, par le malheur sans doute absous du crime,
Comme de roc en roc résonne dans l'abîme
Le caillou du désert que le pâtre a jeté,
Mon sort, de l'existence abandonnant la cime,

Des échos du cercueil roulera répété
Jusques au fond du gouffre où l'homme va peut-être,
Quand, sans ordre, il s'arrache au grand chêne de l'être,
Se briser sur l'écueil d'une immortalité!....

La Promenade du soir.

Un soir je m'avançais le long de la clairière,
Et de ces bois connus je côtoyais le bord,
Quand soudain se prolonge au loin sur la bruyère
Un glas sombre,.... pareil à la voix funéraire
De l'airain, annonçant une proie à la mort.

Je tremble, un doute affreux serre mon cœur :..... j'arrive!
Mais elle n'était plus, à l'ombre du cyprès,
A côté de sa mère assise sur la rive!
Que dis-je? elle y dormait.... sous un tertre encor frais!

Je défaille, je tombe au front du désert sombre,
Et du sang de ma tête ont saigné les cailloux;
Et, comme un loup des bois, ma voix jette dans l'ombre
Des cris que près de moi répètent les hiboux!

Ainsi la mort, vautour avide de colombes,
Couvre nos rêves d'or sous la poudre des tombes!
La jeune fille meurt quand il faut espérer!
    Et de sa dent âpre, inhospitalière,
L'insecte, qui des morts exploite la poussière,
Gratte et dévore un sein qui me fit soupirer!

Quel cœur n'eût adoré cette houri, cet ange!
Oh! que bien sur son front la molle ombre du soir
De sourire et d'ennui flattait un doux mélange,
    Lorsque sa main, à l'ombre du manoir,
M'offrit l'ivresse au fond du coco du village,
Aux bords d'un cristal pur, par un saule abrité,
    Où son souris modeste et sage,
Comme un cygne d'azur, ondulait répété!

Ce n'était point cette chaste folie
D'une vierge à quinze ans ; sur elle rien de vain ;
Mais la tendre pâleur de la mélancolie
Tempérait sa beauté sous un voile divin....
Comme l'Arabe ami lavant les pieds du hère,
Assise sous l'ombrage à côté de sa mère,
Le livre, pain de l'ange, ou l'aiguille à la main,
Son cœur simple du ciel essayait le chemin !

Que de fois, que de fois j'ai vu la jeune fille
Interrompre un moment son œuvre pour rêver,
 Et de sa main laissant tomber l'aiguille,
 En soupirant, soudain la relever !

Son cœur était troublé, mais n'aimait point encore ;
Il sentait seulement le doux besoin d'aimer !
On dirait d'une fleur qui n'attend, pour éclore,
  Qu'un baiser des fils de l'Aurore,
  Et qu'un beau sein à parfumer !

O vierge, que de fois la guirlande de fête,
 Dont, le matin, te couronna l'espoir,
Sous tes folâtres pas a glissé de ta tête,
 Et n'ornait plus qu'une tombe, le soir !

Qui fut sans larme, ô mort, lorsque tes ailes noires
Séchèrent l'être en fleur de la fille des bois ?
Oh ! dis-moi, n'est-ce pas une de ces victoires
Qu'aux vautours de l'enfer le ciel permet des fois ?

Son cœur ne s'est jamais enivré de l'ivresse
Dont l'urne des amours abreuve deux époux.
Du jeune adolescent si douce est la caresse !
Et ses baisers de flamme, ô vierges, sont si doux !

Elle n'a point connu les luttes éphémères
De l'épouse à l'époux disputant son enfant,
Luttes qui plaisent tant au cœur tendre des mères,
Et que le couple enfin termine en s'embrassant !....

Qu'il doit être touchant cet instant de délire,
Où la vierge mourante, un pied dans le cercueil,
Sur le seuil de la mort retrouvant un sourire,
Tend une main au ciel, l'autre à sa mère en deuil!

Va ! reste dans les cieux ! garde-toi d'en descendre!
Des passagers mortels passager est l'amour.
De quelques fleurs du moins je veux semer ta cendre,
De fleurs, qui, comme toi, durent le soir d'un jour !....

Mais non : descends plutôt, descends, belle colombe!
A mon doute éternel descends pour révéler
Les grands secrets commis à l'ombre de la tombe,
Et que l'avare ciel craint de nous dévoiler!

Où va l'homme, dis-moi, quand l'ange du mystère,
Arrachant sa dépouille à la fosse des morts,
Entr'ouvre le linceuil où dort l'être en poussière
        Pour l'enfanter à d'autres bords?....

Ce fantôme qui dort aux pieds de ces nuages,
Et dans l'ombre du soir plane assis sur le vent,
Zeila, n'est-ce pas toi qui vas ainsi rêvant
Aux souvenirs lointains d'un passé plein d'orages?

Oh! c'est bien toi! cet air, ce sourire de miel,
Me révèlent assez une vierge ingénue.
Oh! qu'elle te sied bien cette robe de nue!
Est-ce à moi que tu tends les bras du haut du ciel?....

Mais tout a disparu! le nuage s'efface,
Et mon âme retombe au fond du désespoir!
Ainsi peut-être, dis-je, homme, se perd ta trace,
Quand l'ombre passe un jour sur ton astre à son soir !....

Ainsi je dois passer, passer comme un fantôme !
Ainsi donc une tombe est mon seul avenir !
Ainsi donc se résout le problème de l'homme
    Dans le néant d'un souvenir !....

Tout est Vanité.

———

Oui, tout est vanité ! vanité jusqu'à l'être !
Jusqu'à l'instinct sacré du sein qui me fit naître !
Vanité jusqu'au feu qui brûle incessamment,
Et dans un jeune cœur se nourrit de lui-même,
Comme le front déchu qui rêve un diadême,
    Comme un flambeau sans aliment !

Vanité jusqu'aux jeux de ce couple qui s'aime !
Jusqu'à la voix du cœur, ce tribunal suprême,
Où la vertu coupable installa le remords !
    Jusqu'à notre peur même,
Cette peur du tombeau, qui dissout notre corps,
Et doit de l'être enfin résoudre le problème
Écrit par le néant sur la cendre des morts !

Que me veux-tu, mon âme ? aux langueurs asservie,
Déjà de vingt ans d'être es-tu donc assouvie ?
    Vis de ton immortalité !
Malheureux, sans jouir, j'ai dévoré la vie,
    Vase désenchanté,
Dont le bord, agaçant la bouche des fils d'Eve,
Comme un front de quinze ans, se couronne de rêve,
    Mais dont la lie est la réalité !....

Ouvrons, me suis-je dit, le grand livre des sages.
Insensé que je fus! j'interrogeai les âges,
J'allai souiller le sol où vit le souvenir,
Ce sol, où de la mort grandit le noir fantôme,
Aigle immense, planant sur les débris de l'homme,
     L'ongle ouvert sur l'avenir!....
J'évoquai des tyrans les ombres sanguinaires;
Tremblant, je déterrai les crimes de nos pères;
Et, violant la paix des derniers monumens,
Pour y peser un peu de l'humaine poussière,
Ma main sur les tombeaux osa rouler la pierre
     Dont les scella l'ange des temps!....

Les temps amoncelés, torrent gros de ruines,
Qui, creusant les états jusques dans leurs racines,
Verse à l'éternité ses inondations,
Ont roulé devant moi, comme ces lourds navires
     Chargés de déprédations,
Les dépouilles des rois, les lambeaux des empires,
     Les cadavres des nations!....

Je ne veux plus de toi: tu m'as perdu, science!
Je rejette la plume et brise le compas.
J'ai donné dans tes champs une aile à l'espérance,
J'ai de la vérité honni les vieux appas.
L'erreur a détrôné Dieu de ma conscience;
La foi de ton flambeau long-temps perdit mes pas!

Ange consolateur, qu'inspire un dieu peut-être;
O femme, tu peux seule arracher mes débris
Aux horreurs du naufrage où je vais disparaître!
Sur ma lèvre un baiser, sur ta lèvre un souris
   Peut seul encor épanouir mon être!
A l'ombre d'un beau sein, où mon cœur pût s'asseoir,
Oh! si, comme un ramier bercé sur la tempête,
Comme un ange endormi dans la brume du soir,
La beauté me donnait de reposer ma tête
     Et mon front lourd de désespoir!

S'il était une vierge à qui je pusse dire :
Le souris de la femme est ici profané ;
Fuyons dans la nature où l'homme en Dieu respire,
L'amante en son amant de bonheur couronné !
Cherchons-y la pudeur des ombres du bocage ;
Les soupirs de l'amour seront nos seules voix ;
   Le bonheur n'a point de langage !
Qu'un sourire est plus doux sous le dais d'un ombrage
   Dans la solitude des bois !
Oh ! que l'homme est heureux quand il suit la nature !
   La colombe et le ramier
Sans crainte dans nos mains prendront leur nourriture ;
L'oiseau n'a point fui l'homme ; il a fui le premier !
Et quand ce couple aimant de sa pudique chaîne
   Roucoulera la volupté,
Quand l'air du crépuscule avec sa douce haleine
Bercera leurs amours sur le pin agité,
 Et mêlera le bruit de leurs caresses
A la cloche du soir, qui tinte à l'horizon,
Aux soupirs du ruisseau coulant avec paresse
   Sur la verdure du gazon ,

Suis-moi, dirais-je alors , sylphide enchanteresse,
Suis-moi dans cette grotte où la douce mollesse
  D'une herbe fraîche attend notre langueur ;
Elle aura des berceaux pour l'amoureuse ivresse,
  Et de l'ombre pour la pudeur !....

Mais la vierge aux cités de vains plaisirs s'abreuve ;
La vierge fuit les bois, et ce bel arbrisseau
A préféré l'éclat des rivages du fleuve
  A l'exil simple du ruisseau !
Elle a prostitué son céleste sourire
  Fait pour le mystère des bois ;
Et moi, fils du désert, abjurant son empire,
Je me voile de deuil et demeure sans voix !

Tout est donc vanité pour les pauvres fils d'Ève!
    Pour être heureux il faut rêver.
    Mais, comme l'oiseau sur la grève,
  Qui tend soudain l'aile pour s'élever,
 A peine, hélas! l'esprit trompeur du rêve
S'est posé sur mon cœur, il disparaît; et moi,
Etonné de l'erreur où je fondais ma foi,
    Comme l'époux adultère,
Passant, moite d'amour, des bras d'une étrangère
Au lit fastidieux où son cœur solitaire
  Une nuit seule a jadis palpité,
Et dans lequel l'attend, l'œil jaloux, l'air austère,
    La froide légitimité,
Séparé, malgré moi, du rêve et du mystère,
  Je suis étreint par la réalité!

Abjurons, dis-je alors, abjurons l'existence,
Comme jouet d'un dieu que j'ai trop respecté,
    Qui fait un jeu de ma souffrance;
Puis ferme, convaincu de son iniquité,
    La blessure par l'espérance,
Et s'enfonce, en riant, dans son éternité!
Tel ce monstre, placé sur le faîte suprême,
Qui trempait dans le meurtre un pieux diadême,
Dans l'ombre du donjon, un démon dans le flanc,
Veillait la nuit, vautour de lui-même victime,
Et s'étonnait d'entendre une voix dans le crime,
    Une voix dans le sang!

Comme un débris, poussé sur d'inconnus rivages
    De l'orageuse immensité,
J'affronte alors des bois les cavernes sauvages,
    La rude inhospitalité!
Alors, loin de tout sol dont quelque empreinte humaine
    A souillé la virginité,
Je jouis d'exposer ma chair sous le vieux chêne
A la nocturne dent du loup ensanglanté;
Et, fier de me jouer de sa gueule inhumaine,
J'aspire sans effroi de son avide haleine
    La dévorante aridité!

Puis, je franchis des monts l'aérienne cime !
Là, le pied dans le gouffre et l'œil au ciel levé,
Prêt à demander compte au grand Dieu de l'abîme
   D'un Eden que j'ai tant rêvé,
D'aller résoudre enfin dans les nombres des nues,
Dans l'algèbre des cieux, ces grandes Inconnues,
   Le bonheur, la réalité,
Je me plais à rester suspendu, calme et sombre,
   Entre la lumière et l'ombre,
Entre l'être d'un jour et l'immortalité !....

La Prostituée.

Sédiment social, écume infecte, vase
  Stagnante au fond du grand vivier humain,
Scorpion dévorant caché dans un beau vase,
   Ange tombé du droit chemin,
Peau ridée et de fard chaque jour récrépie,
    Vénéneuse harpie,
Victime dévouée au crime incestueux,
Vas afficher plus loin ton regard louche, cave,
Ta lèvre où le public, comme un satyre, bave
   Ses baisers sales et boueux !....

Voyez-la, l'œil battu, la gorge toute nue,
Jeter son vil sourire à l'honnête passant,
Et sur la plume molle, où la volupté sue,
Sous le nombril lascif du sultan de la rue
   Aller se cadavérisant....
Sur sa bouche, son sein qu'un cancer secret mange,
Chaque baiser dépose une couche de fange,

5

Comme un torrent par l'orage allaité....
C'est honteux que, pour mieux exercer son empire,
Vénus sur cette lèvre égare le sourire
    De la blanche virginité....

Qu'il est bas le métier de vendre des caresses,
De dévoiler ses chairs au tintement de l'or,
D'emprunter les soupirs des premières ivresses,
De se galvaniser pour palpiter encor!....
Oh! que la brute humaine est digne d'elle-même,
Lorsque l'instinct grossier use le diadême
Qui nous fait dieux mortels, contemplateurs du beau,
Et que l'homme déçu sur cette rive errante,
Dans les convulsions de la chair délirante,
Cherche de secouer les désirs du tombeau!....

Comme avec volupté sur la plume lascive,
Sous le ventre brutal de son vivace amant,
Elle tombe en jouant la caresse naïve
    D'un virginal embrassement!....
Là, pauvre adolescent, ta jeunesse énervée
Demande à s'enivrer à la coupe rêvée
    Dans tes sommeils brûlans....
Puis, au foyer natal, tu ne rends à ta mère
Qu'un fils vieilli, flétri d'une lèpre adultère,
    Sexagénaire avant vingt ans....

Que faire quand, la nuit, sur ta brûlante couche
    Où nul mystère ne t'attend,
Ta bouche errante cherche à baiser une bouche,
    Tout convulsif, tout palpitant?....
Que, couvert des sueurs d'une ardente insomnie,
Rien n'a réalisé la vivante harmonie
    De baisers donnés et rendus,
    Et qu'une vision de femme,
Belle, passionnée, étend ses bras de flamme,
    Insaisissable, à tes bras éperdus?....

O chair de brute humaine ! appétit de la fange !
Tu ravales bien bas cet homme détrôné,
    Et qu'à rêver un bonheur d'ange,
En expiation, le ciel a condamné !....
Moi, descendre au sourire, aux amours de la rue !
Acheter des baisers d'une lèvre qui pue !
Payer d'une Phryné la venimeuse peau !
Disputer à l'orgie une chair mate et lasse !
Ne puis-je pas d'ailleurs occuper une place
Chaude peut-être encor du nombril du bourreau !....